闵闵 ——— 著

Lost in
Samsara

轮 回 里 的 慌 张

作家出版社

下雨了
马云家布
你妹的礼
湿了大鹏鸟的翅
你的鞋黑不破
失真的色
感了礼

闵闵，本名闵慧东。一个上场穆桂英，下场文艺范儿的女子。在地产企业做高管二十五年。是建业集团文化旅游产业的创始人，操盘了两个现象级文旅产品《电影小镇》与《只有河南》。2020年出版了个人诗集《只一个下午想你》，该作品荣获2021年郑州市五个一工程奖及河南省文艺作品优秀成果奖。

Lost in
Samsara

闵
闵

⋮

Lost in
Samsara

尘世呓语

青青

闵闵是白领丽人，闵闵是商界精英，闵闵也是诗人。她说她最愿意被人呼作诗人。企业高管多是空中飞人，会议不断，紧张的工作，频繁的推杯换盏……诗人多是凝视内心的人，脆弱伤感，风花雪月，散漫无行……你不能想象两种完全相反的气质会在一个人身上重合。如果一个人兼有此矛盾之气质，这个人必定是个张力十足的人，是个丰富的人。

诗人，就是半神半魔、半疯半傻的人，他独立于尘世之外，既热烈纯真地相信，又冷眼旁观地质疑，永远葆有一颗无法更改的赤子之心。商场中的闵闵职业干练，行事果断，业绩赫赫，她本可以在这滚滚红尘中意气扬扬，有许多成功人士那种莫名的优越感。诗歌却给了她谦卑与低调，宁静与高远，让她在烈火烹油中有一份难得的清醒与自守。她爱美，时尚又素朴无华；她清瘦，又力量感十足；她在一群企业高管中，有着独有的气质。她对管理企业杀伐决断，雷厉风行，像王熙凤一样精明强干，却在暗夜里独自吟叹，甚至彻夜难眠，暗自神伤。她入世时洒脱老练，读诗时却时时掉泪像个小女孩。这是矛盾的两极，她却自如地将其融化在自己气质里，这让她有携风雷之力量感，有一个丰富而有趣的灵魂。

佛陀说，众生皆有佛性。其实人人也都有诗性。只是大部分人在生命的行走中灵魂积尘太厚，失了本性。只有少数像羚羊一样的人，在奔跑时不时回头，那天边的一弯新月迷住了她。因了这一眼，内心便升起一些柔软与爱，这就是闵闵。

相较于她的第一本诗集，闵闵在这本诗集中仍然保持了尘世里随时上场的激情，诗行却更加沉潜有力，即使纠缠的男女之情，在诗里也少有伤感，多是淡远。面对一个男人的负心或者情人的决绝，她也会有少许思虑，却能马上放下，这一点使她与许多女诗人之缠绵区别开来。闵闵有着一种纯粹文人少有的明朗与干脆。

《她》，便像是她的自画像：

她的眼里有一团火，
是爱还是恨？
思虑的睫毛被太阳烧焦
她的手一直在云边翻卷
性感的头发上
长满了昨夜的泪珠

诗里女性的思虑是喷吐着火焰的，有着情感的浓度与强度，而不是自伤自怜软弱无力。这本诗集的所有诗句，都回旋着强烈的情感气流，引得人跟着她一起伫立，望向飓风吹起处，硝烟弥漫，伤痕累累。诗歌给了作者坚韧的力量，让她能很快自我修复，像青草一样有着旺盛的生命力，野火烧不尽，春风吹又生。她在《蜀葵的意境》里唱道：

然后　然后　然后。
生长　生长　生长。
一曲红尘弦乐在泥土上奏响
……
有一种勇敢的力量直奔天边
拨开云雾去迎接太阳
你，以女子的柔情
一层层发光，一层层耀眼
一层层灿烂，一层层畅想
……

与其说是蜀葵，不如说就是诗人的自我写照，她即使是受了伤害也决不顾影自怜，而是擦干泪水，匆匆赶路，"勇敢的力量直奔天边"。在奔跑中发光闪亮，燃烧奉献。这是她的命运。

闵闵表达感情强烈直接，甚至是惨烈。可见她一个人的战争进行得何等激烈，我能想象，她爱人的时候，如同一团火焰，其热烈与投入，足能吓退一个懦弱而虚伪的男人。所以情感现场总是充满了战争过后的惨烈。"硝烟""陪葬""子弹""流血"是她常用的词。在阅读诗歌时，对这个瘦弱的女子生出几分怜惜之情。但我知道，她是不需要怜悯的，她一直是个自尊的人，一个自我具足的人，一个强大的人。在诗歌《无言的结局》里，她写下一个男人被爱情击中的瞬间：

一个名字
在他颤抖的手里徘徊
鲜血点落在洁白的纸上
冒着梅花的硝烟
——去陪葬

在诗歌《想念》中，她也不是安静悲伤地想念，而是模拟了一场战争，自己在这场战争中千疮百孔，血流成河。我在想，诗人在爱情中如饮毒酒，痛苦多于甜蜜，也许正因为有了这些许痛苦，爱亦显得更加珍贵。爱情如此痛苦与艰难，闵闵仍然要去爱，也许她的现实生活太过坚硬、粗粝，她才如此渴慕着柔软与纯净，诗歌是她的藏身地与吸氧机。拥有了诗歌的她，才能一次次从绝望中重生，重上生活的战场。

我的心被你装进了上锁的箱子
里面锁着你十万个名字
像十万发子弹射中我
一瞬间，我千疮百孔
血流成河

每一个焦虑忙碌的现代人在闵闵的诗歌里都能映照出自己，"表情憔悴，面容清凉"，这是紧张工作状态下的诗人。在商场中，女性想获得成功便要付出更多，要做出远远高于男性的业绩，还要在工作中不断地战胜自我，把自己磨炼得更加犀利果敢，思路缜密。但总得有个地方盛载自己的软弱与哀愁。闵闵选择了诗歌，不，应该说诗歌选择了闵闵，白天她在商场中拼杀，夜晚她在诗歌里沉醉，她卸下盔甲，当窗理云鬓，对镜贴花黄。在灯下阅读写诗，夜色温柔，诗句清心，她是回到家的花木兰，诗歌给了她柔韧的力量，让她雌雄同体，可文可武。她如同春蚕，吐着闪亮的丝；如同春夜，盈满无数花朵的私语。这让诗人的生命力得到蕴养，得以更饱满地应对尘世中的战斗，并且在战斗中战无不胜，成为业界精英。

诗人闵闵是有福的。商业养活着她的肉身，诗歌滋养了她的灵魂，给了她在尘世吐纳的秘密花园，投身忙碌的职场，却可以转身到花园里做个白日梦，说一会儿梦话。这本诗集，就是诗人在尘世里说的呓语，愿更多人读她的诗，都有自己的秘密花园，都能享受说梦话的幸福。

前行

老塔

　　有幸，在闵闵女士的带领下，与她一起工作过八年。她跟我父母的年龄相仿，那些岁月里，我们经常称她为"女王大人"，因为她是一个工作狂，一个事业狂，一个创新狂，几乎企业里每个不可能完成的任务都是由她牵头完成的，在数不清的辉煌和荣耀背后，她无微不至地关怀着身边的每一个人，更像是一位大家长。

　　有幸能与她成为亦师亦友的伙伴，因此在工作之外的聊天里，从她口中得知，在辉煌的背后，她也有孤独、彷徨、悲伤、犹豫、迷茫等从来没有展现给外人的情绪，我曾一度以为她没有这些情绪。

今年年初，我拿到她这本书稿时非常惊叹，在字里行间读到了大量强烈的情绪。那些工作中的场景随之清晰起来，一幕幕在脑海里重现。曾经，我们一起工作的每一天都那么精彩，读罢书稿不禁揣测，或许每一件事都让她经历过内心的反复挣扎，或许休戚相关的每一个鲜活的个体都幻化进了她的诗歌。原来，她把那些情绪都按压在了她的作品里，挥斥方遒。

随后，她请我帮忙寻求一位画师，参与她诗集的配图，可几番周折也没有找到合适的人员。我想：我作为设计师，偶尔也会兴之所至信手画些速写，时而抽象时而具象，也会在朋友圈写下几篇分段的句子，不妨我来试试？毕竟经历过八年的并肩作战，我也许比其他的画师更容易了解她文字后的故事。

后面的两个多月里，我尝试着用画笔为这些诗歌填充画面。我毕竟不是她本人，更像是一个旁观者，要通过画笔里流淌出来的构图、线条去体会、理解和呼应她书写时的感受。我试图每画一张就停一停，以便让自己的感受更深刻一些，生怕自己对这些诗歌里的文字、情绪、内涵理解不够。巧合的是，我战战兢兢地发给她后，她说这就是她脑海中的那些画面！后来的见面交流，她强调我画面里的情绪，竟然大多数都与她诗歌背后的情绪重叠在一起，我才放手开始画。

可我毕竟不是绘画大师，也不能百分百地体会到她的所有故事和心情，导致依然有些诗作让我无法找到落笔的灵感，深感遗憾。但我相信闵闵女士会持续地去创造，我也会跟随她的脚步，希望将来能继续并肩前行。

至此，我也愿意尝试，为她写几句分段的文字：

　　　　诗歌里有精彩的故事
　　　　故事里有鲜活的人
　　　　她把这些故事讲给每一个读者
　　　　我们倾听

我们颤抖

我们落泪

反复回味

一声叹息

一次哭泣

一场巨大的动荡

一段激昂的交响乐

鸿篇巨制改编成一部电影

看那火车开来的方向

汽笛未能响彻天边

但车轮震撼着轨道

风呼啸吹过庄稼地

种子掉落下来

生根发芽

成就了我们

风中有个身影

试图用自己的臂膀拥抱大地

气场大开，千里以外

骄傲的脖子永不低下

悲歌只留给深夜里的自己
唱给月亮和无法入眠的你
群星因你而闪耀
车轮永远前行

关于诗歌的答案

黄筱剑

其实，你不需要认识闵闵，单读她的诗便足以了解她。

在这虚火上升的时节，放眼看去，到处是遍布溃疡的声嘶力竭，到处是亢奋通红却空无一物的双眼，面具上亲昵的微笑如同隔夜奶油般黏腻，人们渐渐已无法区分梦想与妄想、诺言与谎言……

在麻木者鼾声如雷、喋喋呓语的夜里，无眠的人可以读一首闵闵的诗，这诗句如同闷热夏日里一杯清凉的薄荷水，让翻腾不休的肠胃得到安抚，力道也温柔得恰到好处。

认识闵闵已经超过二十个年头，回想第一

眼的初见如同昨日。蓬松的长发、娇俏的酒窝、精致到与周围格格不入……彼时的闵闵，总是人群中最夺目的那一个。当年三十几岁的她，作为河南最大的地产集团助理总裁兼城市公司总经理，看似柔美的外表下却是异于常人的坚韧和倔强。也正是这份坚持，硬是把彼时原本寸步难行的僵局撕开一道口子，随后，一个个大捷的战报便接踵而至。

闵闵说自己是幸运的，每一步总是踩在时代的热点和脉搏上。80年代朦胧诗兴起时，青春年少的她已在国内诗坛小有名头；传统媒体最兴盛的日子，她在电视台工作得风生水起，差一点儿就进了央视；后来她阴差阳错踏上地产这趟高速列车，全程经历了行业如梦似幻的黄金时代；在地产如火如荼的至高点上，她倏而转战商业、文旅，几年时间从无到有打造了两个全国现象级文旅作品，让一众人等瞠目结舌。

而眼下，她创始的金榜文旅品牌也已在行业内初露头角、声名鹊起。

闵闵崇尚简单、直率、真诚，要求坦诚沟通，有话直说；闵闵有点儿脾气，批评人那是真狠，让你恨不得立刻找个地缝原地消失；闵闵工作很拼，认准目标，便一路披荆斩棘，遇鬼斩鬼，遇魔降魔；闵闵做事的标准出了名地高，小到写材料、作汇报，大到开辟新战场、做项目，事事都是标杆和榜样……

这些，都是别人眼中的闵闵——一个完全有资格、有底气傲娇的成功者。然而，这些却并不是她的全部，在诗歌的世界里，闵闵是另外一个人。

闵闵是清醒执拗的。几十年丰沛辗转的人生，眺望过巅峰绝美的风景，也看穿过谷底不堪的卑污，今天的她依然没有学会冷漠接纳，她还是会义愤，会为不公拍案而起，会为弱者奋起抗争。她的态度强硬，小小的身体里藏着推土机般强大的马力，充满不可撼动的坚定力量；她的声音高亢，在低沉阴郁的背景噪声中，发人深省，震耳欲聋。

闵闵是细腻温柔的，在职场的理性之上，更鲜明的是感性的标签。一句电影的台词，一段朴素鲜活的故事，甚至一个简单真诚的眼神，都会深深打动她敏感的内心。女王的外表下，没有与之匹配的高冷，她单纯得像个孩子，总是用爱与善意去对待世界。那些失意的、弱小的、微不足道的人和事，总会得到她更多的关注。她有意无意地远离烈火烹油的名利场，相较热衷于借势入圈的"聪明人"，闵闵的选择显然让她"损失"了不少所谓资源、人脉和机遇。每当被问及是否得不偿失，闵闵总是莞尔一笑，眼神如泉水般灵动而清澈。

而所有这些其实都不必说，看过她的诗作，便一目了然。她的诗是饱满浓烈的，带着炙烤的气息扑面而来，肆意张扬地赞美爱与被爱、正义与真诚；她的诗又是凛冽无情的，毫不犹豫地击中了人间遮羞布下的死穴，让人猝不及防，全然不顾那些所谓精英的地位、面子和尊严。

闵闵就是这样爱恨分明的人，能成为她诗句的主角，要么极美极丑，要么极善极恶，在极致到绝望的字里行间，情感如烈酒，喷涌而出、势不可挡，将一切平庸与麻木冲刷得干干净净。

其实，你不需要认识闵闵，只读她的诗便足以了解她。

我常常不解，数十年风霜坎坷的磨砺，怎么就没能改变她一丝一毫呢？面对无数生活与工作的琐碎，她如何做到对诗歌始终保持孩童般的天真和热爱？而那一行行诗意的文字，又是怎样被一尘不染地镌刻于岁月的年轮之间？

闵闵，如此简单，又如此让人迷惑。

今天，可以试着从手中这本诗集开始，去寻找关于闵闵、关于诗歌的答案。

目录

Contents

min

无题

一只吸血的蚊子
叫声掉进你的发丝
困扰你的夜晚
你起床三次，洗澡

蚊子的声音在身体里生根
你进入蚊子的旋涡
情绪戴上眩晕的枷锁
······
夏天已经过去
你不幸被蚊子的叫声反复侵略

2023.2.1. LAOTA

妄想的深秋

茂密的丛林错乱了我的神经

你那些红色的果子在枝头悬挂

整整一个晚上汁水欲滴的引诱

让时光停滞在纸面

美好被回忆掩埋

你不听劝解地歌唱

曲调远远地跑在迷失的路上

一个夜晚的原罪

星星亲密地窥视

在一个沟壑纵横的交错里

你的眼神像树叶一样纷纷落下

风吹响满地的残红

令深秋的黎明一片破碎

你是谁?

撼动大地的底色?

还奢侈地搭配上我?

是天意的量子追寻？
在震荡的节奏里发现了我？
一个毫无痕迹的传说
也许，你就是我致命的拐点
在地壳变动中走失了方圆
你其实无法抗拒盒子里的恐惧
火车是距离的焦点
命运的脚步始终在人世间

妄想

2023.5.2

轮回里的慌张

迷途救赎

一场复生在破灭中守望
冷漠的光阴游走了十六年
我的四季野草丛生
只留下一个空旷的展览
有人停在我的广场上伫立
我们成了彼此相望的铜像
于是，于是，于是
在沧桑岁月的雕刻里
我们历经了无数风霜雪雨
却始终保持着零度的距离
寒冷的冬，炎热的夏
我们不温不火不冷不暖不近不远
成就了一场唯美的浩劫——
这是一座陈列的牢狱吗？
金铜的锁时刻提防着入侵者
我是我的囚徒

你是你的罪犯

我们都封锁在各自的一丈之间

于是，于是，于是

我望穿街市灯火，你望穿寂寥乡野

人间的窗口犹如一束束火种

散发着浓浓的诱惑

我的妄想，会在你的黄昏之下复苏?

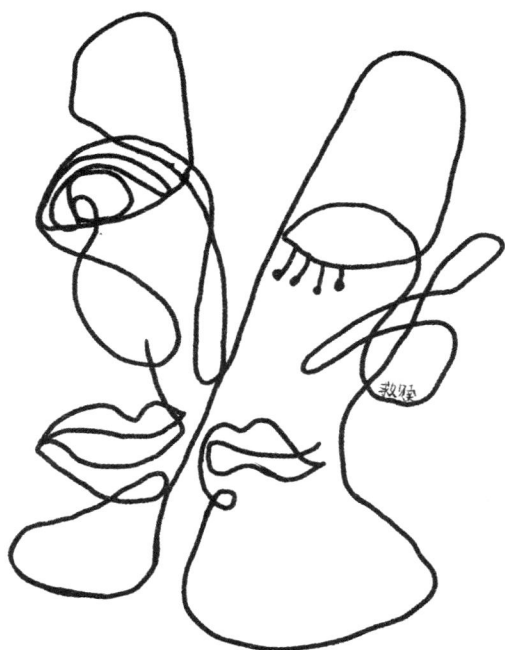

KAOTA 2023.3.2

遐想的窄巷

船头穿越着椭圆的海岸线

在我的胃里翻江倒海

海风吹透了我的皮肤

浸没在神经的夹层

我目睹网速拥堵着全世界

——你的信息

无法抗拒天边的自由

夜色，深不可测

黑暗席卷你的身影

我默默地承受着巨大的煎熬

让黎明破晓前沉睡

魔咒，恐怖来袭

呕吐的症状一直暗暗潜伏

终于，在饱腹之后轰炸式爆发

疼痛中，你没在我的梦里游走

距离，抚摸着我茫茫的思念

行至船尾告别一个城市
梦里还残存着历史的痛点
今日在无奈中与晚餐绝交
一艘大船在我的视线里渐渐渺小

2023.6.12

轮回里的慌张

昨日重现

历史的照片

储存在天空之上

时间把故事堆积成云

悬浮生生死死的画册

无数的预报

窥视暴雨中雨和小雨

一层层

一片片

一汪汪

诱惑的深渊十万丈

让脚步失去重心

暮色的苍穹

照耀着血色的南墙

你发鬓未干

迷茫的瞬间

泪洒千千行

用过去式的手法

配乐老掉了牙

立春

我把日子积攒在头发上

用剪刀不停地修整岁月的生长

此时，我们躲在悬崖峭壁之上

俯视深渊中煎熬的现实

恐怖的疫情正席卷我们的屋顶

城市的背影硝烟弥漫

……

一个悲壮的冬天

冷面的瘟疫残喘蔓延

黑暗时刻我们无路前行

节日的祝福只能挤在牙齿的缝里

我们心中的蝴蝶啊

急切地盼望着飞向隔离后的自由

等待着春天飘出青色的味道

——邪恶已经长满了皱纹

很快它衰老至垂垂暮年

它赶不上春天的温暖
我们正走在向上而生的路上

我看到——
麋鹿在驱赶飞鸟的悲伤
风筝在祈福稻草的重生
万物在招呼梦中的黎明

我们一同来划根树叶的火柴吧
去照亮拯救世界的天使们——
春风掀开了乌云沉重的裙子
吹散了这惆怅的悲情
美好的美好从此刻开始了
让太阳照射——
让太阳照射——
让太阳照射——

一切魔鬼都藏不住它狼狈的影子

冬天也来不及留下任何嘱托

我们就这样用一个血淋淋的代价

去迎接这个不寻常的日子

一个满血复活生机勃勃的立春

正集合我们，向一个春天的宣言奔赴

……

立春

GAOTA.

2023.3.3

一九六四年

这一年，龙在中国上空飞舞

万物像孩子一样欢腾

死亡狡猾地藏进了地缝

突然，一个轰动的事件

炸开了世界

五光十色的眼睛

整齐地掉进了灿烂的东方

此时，母亲一脚踏上公交车

一脚还在坚实的地面

我趁机从母亲的身体里挣脱

撕裂的鲜血惊恐了众人

一个早产儿诞生了

这一年，中国播种着勤劳

农业大寨，工业大庆

我心里被深深埋下了

一颗颗希望的种子

它们生长、发芽、开花
一九六四年
果实结满沉甸甸的未来

病毒

树叶落了

事实走进深冬

黎明躯壳空空

真理在夜晚发光了

灵魂与鬼魂在一起

生命蓬勃的欢愉

让局限的根系生长青苔

藏满小妖浑浊的心思

愤怒者在清晨上路

在申冤的途中一去不返

客舟载着侥幸者上岸

是谁斩断了水中央的离愁?

一个冰火两重天的故事

浴火凤凰和万劫不复吗?

——我不相信，我不相信

一句话便可以打倒一切真相?

生命中的美好在耗尽之后

瞬间能化成水上的泡沫？

每一次呐喊都是苍白的呼声？

每一次禁闭都是无言的沉默？

灵和肉终究可以快速剥离？

那些气味席卷着雾霾

游荡的脚步迈过了这一年——

我是否能在疑惑中忘记那个夜晚

逃过你藏满心机的早晨

朦胧的万家灯影

有两个洁白底色的人染上病毒

从此，让余下的岁月一病不起

……

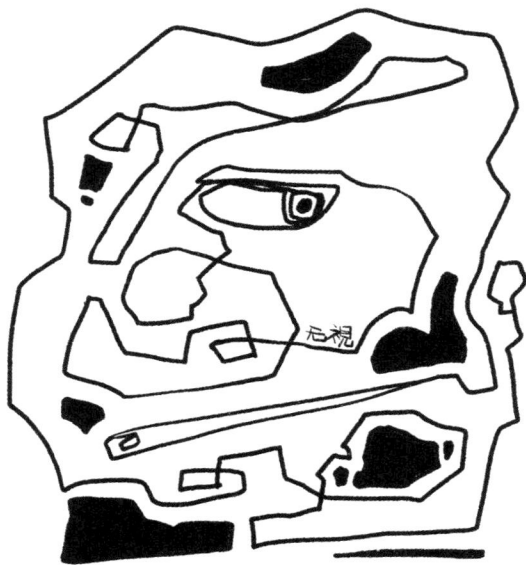

无视

2023.5.2

直击现场

现场直播的发布

回望其中被打败的自己

一句诺言竟飞跃十五年

今天，又一个自己

在你情欲的土地结出果子

······

一切不明的真相在皮肤表层绽放

寒流袭击了我的城堡

知觉，冻死在一条无数水母游弋的河里

在闪亮的房子对面

我不相信暗流涌动

灯火阑珊的马路

我将行为艺术展览于街头

川流不息的脚步洗刷着世界

我躲开皮囊的解释

在寒光闪闪的路灯下寻找线索

不能忘记那个气喘吁吁烦闷不堪的早晨
疼痛的症状淹没了我的肉体
究竟发生了什么
公路成了我颠簸耕耘和播种眼泪的麦田
我在三千多个日夜里逃离你远去的影子
我和你，一场阴魂不散的相见
此去经年，才知道
原来这是一场前世的预谋
……

阿眼不散

2023.3.6. LAOTA.

轮回里的慌张

梦呓

仿佛回眸就能搁浅上个世纪的伤痛

我的灵魂被你召唤

游走到爱的深处

你温暖的手掌在深秋张开

一个金黄色的下午

茶香四溢，绕过门窗

慢慢沁透我隐形的毛孔

你动听的声音穿越火线

击中了我混沌的神经

现在

过去

未来

我是否要在你的怀中熟睡？

万万年之中，有一个你乘风破浪

与我在年华渐渐远去的春天里相遇

轮回的慌张里

仍有残阳辉映下的杜鹃啼血

一切不可避免地发生

沉痛的美丽教训着欢愉

你的阴谋迟早要露出端倪

在你似乎懵懂的事实背后

还有一种可能

让万念俱灰的积云飘落泪珠

你和我会在一个期许中灭亡

黑暗的联想

密布的乌云守候在海水的对面

天边一丝金色强行照亮了翻滚的波浪

船舶摇晃令昏昏欲睡的我无法自拔地想念你

甲板又一次被无情地痛斥

只有鱼听得见波涛流向大海的秘密

大海无边界的深处让恐惧再现

窗外的黑暗在吞噬无形的巨兽

我们被隔绝在古罗马克里特岛上

发霉的遗迹演绎着国王和王后的阴魂

惶惶不安的我看山峦云雨中飘忽的树木

六十小时没有来自你和陆地的任何消息

也许是老旧的盒子发生了罪恶的故事

细节都藏在砂浆泥土下

我于寂寞的时光中默默祈祷

狂飞乱撞的乌云游走在一念之间

你必须在风暴来临前作出选择

我要让海底的力量经过你的岸边

我要把积攒下来的食物送给孩子们

让他们在失望透顶的疯狂里品尝美好的味道

我要在石头开花前结束这场意外的漂流

你千万不要彷徨失措地面对已获释放的我

我只是你另一个故事渐渐远去的开始

在天地万物生长之间，直觉告诉我

你千万要守住一个黑暗时代的尊严

轮回里的慌张

2022.3.7.   LAOTA

偶像

一个夜晚的梦境

——题记

（一）

偶像是从一群坚硬瓶子里诞生的

一个声音振臂高呼

从瓶中溢出后吸引了敏感的耳朵

偶像的影子很长很长

偶像的口才灿若莲花

偶像的文字力量很大

——人们看了又看

——人们听了又听

——人们说了又说

我是偶像的追随者

与所有追随者一样盲目地眺望

偶像是用来构筑和幻想的

走近偶像是个荒唐的场景

在灯光如昼的台前

人们能看到偶像的脸

光明从来不遮蔽丑陋

偶像也要有瑕疵

仰视的姿态已经过反复淬炼

全世界都在倾听偶像的讲述

赞美诗在生长赞美诗在生长

天才的声音啊天才的声音啊

（二）

于是　于是

演出就要开始了

宏大的序篇令沉醉者痴迷

偶像用重金打造的实验品

锦字锦衣锦屋慢慢期待启幕

黑衣女子在你眼前晃来晃去

一会儿　一会儿

故事催生了朦胧的模样儿

酵母撒在我们自己身上

蓬松向上　蓬勃向上

泪眼婆娑的偶像征服了现场

或手舞足蹈

或轻描淡写

或目光深邃

或口若悬河……

娓娓道来一场一场的玄机

轮回里的慌张

——关于父亲

——关于儿子

——关于孙子

摇头摆尾的艺术

在故事里突然发光了

明亮地照射大地

所有人都在鼓掌

我也拼命地鼓掌

（三）

接下来　接下来　接下来

我们渐渐看到了闪耀的血腥

洒满后台的忧伤泪光

一个纸醉金迷的格式

一个连环套的棋局

一个间歇性发作的陷阱……

火焰在眼前疑惑地燃烧！燃烧！

巫师般的发丝飞扬跋扈

偶像的影子纸片一样开始歪斜

左脚的马丁靴和右手的香烟

一个游走在物质世界的艺术家

像历史悠久的皮影戏

锣鼓喧天的节奏打乱了我的阵脚

我不知道偶像的剧目暗藏玄机

我不知道一场梦游还需要结局

我不知道偶像不能有绊脚石……

我的敬意在一丈光芒里

顷刻之间遭遇袭击……

（四）

偶像的欲望成了夜晚的幻影

是挥之不去的符号

是嘴唇与牙齿的伙伴

是讲述诳语和寓言的超级品牌

幽灵在聚宝盆里游来游去

某种象征扑面而来

乱象丛生的舞台野兽出没了

你究竟要走向哪里？

回来的路途可是充满荆棘？

我与偶像相遇是梦里还是梦外？

我还能看到大爱无疆的原野吗？

脚与鞋已经完美地结合

热恋的气氛欲罢不能

我该如何面对阴暗的情节？

偶像用艺术绑架了你的灵魂

你信了　他信了　我也信了

偶像歪曲了生长的麦田

偶像击碎了透明的玻璃

偶像撕破了舵主的口袋

陆陆续续让不明真相的人

在悬念的连环套中死去

黑衣女人的后台啊

让你的嘴里含着满口流血的牙齿

偶像为什么要让正确的结果灭亡呢?

（五）

于是　于是　于是

无数双眼睛睁开了

无数星星在冰川上空闪动

无数声音穿透山体

天价的结局赤裸裸地展演表皮

金钱让艺术在夜晚的灵异中出窍了

艺术沦为贪婪的化身

形式成为死亡的舞蹈

偶像埋住万象生机

良知正焦急地哭泣

但是　但是　但是

她竟堂而皇之地掩藏了过程

你知道　他知道　我也知道

时间的长度使万物生出了白发

嘶哑的声音再也无力诉说

告诉你　告诉你　告诉你

不要被偶像绑架

偶像，只是一片火烧云

大雨过后就消失了

良知的底线，早已淹没在茫茫的浮华中

我们千万不能死在美丽的情节里

偶像或大师今天开花，明天结果，后天凋零

葬礼　葬礼　葬礼啊

都将在末日之前举行

偶像，其实不是强盗

是我们在肤浅时蒙蔽了双眼

轮回里的慌张

2023.4.7

代价

下雨了

乌云密布

作妖儿的天气

湿了大鹏的翅膀

你的鞋累破了洞

失真的色彩

蛊惑了视觉

土地，增加了假象的重量

LAOTA   2023.3.10

梦魇

上帝敲击了冰川的头颅

大地泛起流水一样的哭声

我闻到稻草焚烧的气息

于无声处

冬天开始腐烂

万众开始慌张

死亡开始蔓延

魔鬼

邪恶

恐怖

万劫不复的咒语啊

鞭打沉痛的祸水

血渍涂鸦着我们

你迷茫的双眼

遮蔽丑陋的诱惑

真相灼烫阴谋者的心机

你究竟制造着怎样的咒语

要毁掉明日和明日的春光？

我们要拿什么斩断你的来路

你才肯结束这场生死的浩劫？

……

此刻

我们醒着

我们活着

我们呼喊着

我们矢志不渝地奔腾着

不管你是自然使者还是万恶之花

我们必须让你今夜昏沉下去

让你遭遇千年的冰封

让你赤裸裸地灭亡

让你永世不再醒来

……

一个全人类的群体梦魇啊

将留下你狼狈的样子！

看啊，惊恐万状的人们

天亮了　天亮了　天亮了

这一切都会悄无声息地过去

我们要在挣扎里紧紧拥抱自己……

轮回里的慌张

你心的梦

2023.3.30

炸裂

如果地面被树木践踏

我就去天上种云朵

如果云朵被太阳催化

我就去炼狱招鬼魂

驱赶人间邪恶

我要让一切美好生长

其实，抗争是一种舞蹈

犹如夜晚的灯光闪耀

其实，镇压是一把利剑

无数枝干朝上厮杀

封喉的血滴落之后

星星是飘满苍穹的哀伤

镜子很深很深

可以照见现实的伪装

美颜的滤镜不过是一层皮囊

在一场骑行的背后

车轮遭遇暗算

真相摔死在路上

晨雾缭绕的房子是你的道具

一个剧目的场景

情节刚刚开始

你背负着谎言的方向

听听流水和石头的回声

清晨，只有一声铁锤的炸裂

绽放着万万米铜臭的光芒

正确的蝉鸣只会在八月突围

炸裂

2023.4.7

轮回里的慌张

孤岛

灵魂在茫茫人海中摆渡
皮囊暴露了逝去的年龄

无情的画面跃动着回放
你转身的背影藏满杀气

远处，一曲情歌悠扬
滴落我们洁白的忧伤

有一副冷漠的面容钉在墙上
流年的幻影在眼前穿梭

水面笼罩星星的自由
小妖的声音还在四处流窜

之后，我没有放过你的名字
你的围巾在我心里干瘪成一首诗

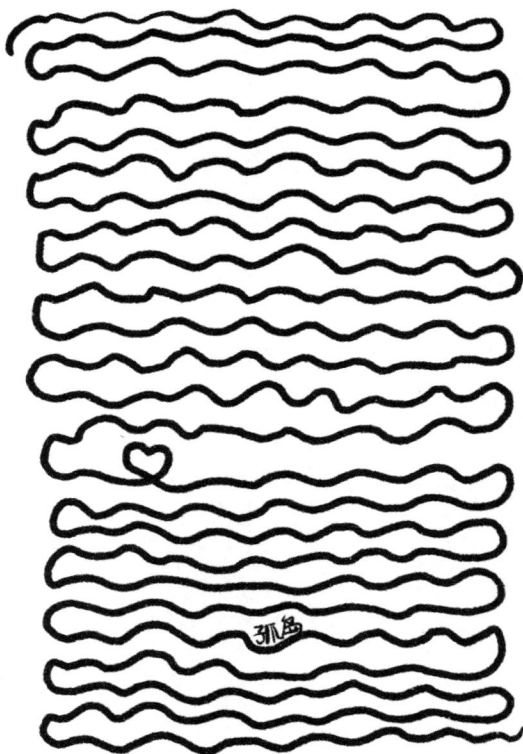

2022.3.8　　　　　　　　LAOTA

轮回里的慌张

伤感

房顶的阴霾不散

我看见一只猫始终在假寐

善良的瓦片从来不表演

夜晚的树木幻化成冤魂

我的悲伤轻轻落下

结成一片一片的污渍

染成灰暗的夜色

月亮躲起来

病毒席卷着时空

好看的星星像虫子一般死去

街灯成了一双双烦闷的眼睛

一个女子的漫画

我出生了
在白色的墙面上
刚好是四月的早晨
我的哭声催开了
一个晴朗的春天
——我行走时
冬季的风
钻进我九个月的身体
你蹒跚出家门
一路向东……
岁月长大七年
在父亲的目光里
我打碎了二叔家的碗
吃饭的恐惧发生了
二叔和父亲是一个人
一双眼睛，一张脸

一副面孔，一表怒气

我在秋色里回家

之后在四季的阴影中躲藏

开学的日历翻到了

——难看的短发总是母亲的杰作

弟弟，妹妹，弟弟的弟弟

全是我的观众

舞台上有一根红头绳

替代了墙面的视角

我看见半碗粥

我看见苹果皮

我看见一块长条木板……

它们都在我心中惊恐

贫瘠的水管断流

抬水的桶晃动少年

——水影里弟弟的头发很乱，一路飘过

云朵

我们在扁担上行走，他渐渐长高

我被压迫成一个历史的缩影

——在夜晚星星里写诗

——在母亲炉火前做梦

——在父亲怒吼中逃离大雪纷飞

我故意路过邻居热腾腾的门口

屋内的灯火汇成月光

无数美好的窥视

让我蜕变成龇牙爱笑的女子

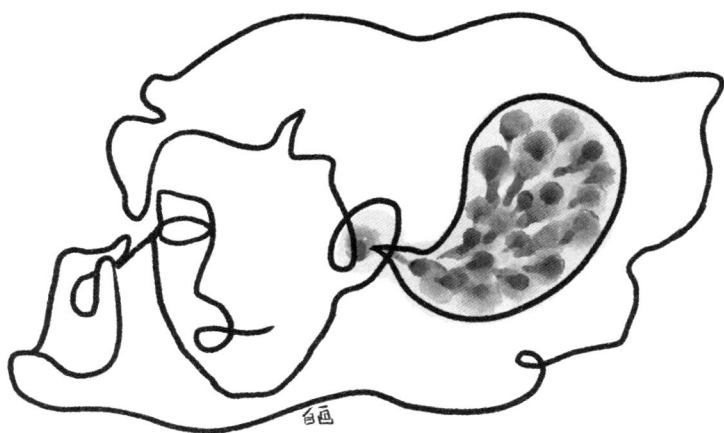

2023.3.3. LAOTA

立场

片段的风景刷新智者的视线

你看不见那双躲藏的眼睛

雨水淋湿局外人的午餐

变形的翅膀与天气毫无关联

藏污纳垢的黑暗者

统治着万家灯火

来炮制自己的金色档案

你让头发的哨音吹响阴谋

路过者只是看客

还迷乱地排队鼓掌

猴子撅起红色的屁股——

一场击鼓演出又要开始了

门板在村口舞台爆裂

响声炸伤了一众人马

马路的热度在深夜下降

识别的错乱已经掉进粪坑

你收买一千斤的谎言

让乌云高高地膨胀

投诚者嗡嗡地叫着

没有人相信你为真理中枪

生死攸关的火葬场

只是另一个世界的法场

午餐不需要立场

到处都是相迎的脸庞

轮回里的慌张

你是黄河

你是大自然造物留下的磅礴画卷

是地球跑道上奔腾的亿万骏马

缠绵的流水与泥沙

生生息息繁衍着前涛后浪

你是悲欢冷暖的爱恨源头

是九曲十八弯跌宕起伏的故事

勾勒出岸上风情的百种镜头

你是扭动后腰晃动臀部的河滩女子

是怀里奶声奶气啼哭的婴儿

你是高喊铿锵号子的河滩纤夫

是土壤与河水凝固的绳索

你是千百年千万里欢唱的歌谣

是大浪淘沙伴奏的滚滚红尘啊

……

你是黄土地混沌土壤中根深的古树

是太行山脉日月冲洗的屹立巨石

你是风中摇晃的万顷金色麦地啊

是我河北岸河南岸的春夏秋冬

你是亲情闪烁永不熄灭的火种

是我永远走不丢的黄皮肤的信号

你是我五千年连绵不断燃烧的激情

是炎黄子孙不曾断代的纸上文明

你是无数王朝崛起与衰亡的记忆

是打不败战不死的千秋浩荡

伤痛　幸福

荒芜　璀璨

呐喊　欢愉

我们是你奔涌而来合奏的咏叹调

我们是盐碱地上龟裂的大堤

我们是你万万亩良田上饱满的颗粒啊

黄河啊，黄河

你是我走失归来的温暖怀抱

是我祖祖辈辈奔涌的延续

巨浪涛声，是我们代代传承的金字号令

你喂养着我

你鞭策着我

你拥抱着我

你包容着我

……

我们跟随着你雄伟的万马奔腾

脚步就是我们生生不息的史记

黄河啊黄河，你千回百转的流淌

就是我们中华民族集体的合唱！

黄河啊黄河，你千回百转的流淌

就是我们中华民族集体的合唱！

流弹

那场辩论结束

盛开的花朵开始流血

满地的谎言长相蓬勃

你的身体向外倾斜

誓言在阴影里藏匿

窗口的灯

闪烁黑暗的片段

坦白的宽带

在惊恐中受伤

一块木板的嘲笑

偏离大众的靶场

我的双手握紧两块石头

之后，集体的愤怒摇动了树梢

叶片像子弹一样飞翔

……

乌云遮住暮色

荒诞的剧目开始轮番上演
我错误地放任了情节
你恍惚笑里藏刀的岁月
迷惑并击中了昨日的现场

流动的星球

LAOTA   2023.3.10

轮回里的慌张

失眠

我在夜色里游泳
水面漫延到无垠的宇宙
此刻，一根羽毛轻轻地浮起
化成孤独的幻影
呼吸如水母一样透明
让身体在水中张开，张开
在没有光亮的世界里
我的精神在墙壁上爬行
我的灵魂在蓝光里闪动
我的头发在黑暗里躁动
我的大脑在混沌里斗争
我的肉体在十万八千里的跑道上
正与空气对话
尘埃翻腾着落进我的毛孔
眼睛变成两把闷热的扇子
无望地晃来晃去
之后，天亮了

LAOTA.

2023.3.10

轮回里的慌张

你在天上出生

——致常征老师

你的名字突然发芽了
翠绿得令人向往春天

我在意念里找寻你的灵魂
你大笑着藏进烟灰中
余晖，折叠你疲倦的坐姿
我嗔怒你弄脏了我的地毯
昨天，你的香烟掉了两次
我和莘听你漂在茶水里的故事
时间无休止地回放着
黄昏落进你修长的背影
暮色，羁绊着你的步伐
酒，还是二锅头
犹如一杯水的证词不能停止
干枯的晚宴只有一刻记忆

没说完的话，没喝完的酒
这是我们最后一面

晚上
你真的成了一条深海带鱼
在午夜时分游出了人间
我看见你时
已是一张纸片上的名字
我瞬间生出地狱般的悲伤

你的兄弟们远道而来
你的样子长在他们脸上
我又看到了生动的你
他们沉痛宽恕你的原罪
让你在九个人的送别中
与垂直的苦难辞行

轮回里的慌张

我们，从五个方向走来
演唱一首属于你的悲歌
整齐　有序　凄凉　痛惜
唱着你在这世间的尊位
然后开始焚烧尘埃
——此刻，你在天上出生

轮回里的慌张

你在微信里

我试图在这个时空里与你和解

你却屏蔽空气

残酷地关闭了月亮

我在星光泛滥的夜空中寻找

你在这儿，我也在这儿

我字里行间地安抚你的呼吸

在夜晚的无眠中咽下你的童年

他们吞噬我的意志

剪下黑暗的云朵

让危楼渐渐倾斜

你在潜伏　你在潜伏

我明明看到你悄无声息地躲藏

你在生长　你在生长

让一个子宫阵痛后遭遇鞭打

我想把你从我的神经里剥离

让我挣脱困境

我耳边常常掠过你的声音

命运留给我一个缺口

此刻，你望着天儿，还没睡

我知道，你就在微信里

与我和世界捉迷藏⋯⋯

微信里

2023.4.8

暗流

你的祝贺长着青草，朝北生长

烈日映照进我心中的帆船

发烫的旗帜在天空飘扬

你上午毫无悬念的表白

扭捏着裸睡在沙发上

门缝，挤出锣鼓的热闹

一只招财猫的宣扬

然后，喜事在午后打个悲伤的嗝

那个摇晃的懒家伙龇牙偷笑

他成为莫名其妙的受益者

告诉他们，我不准备举手发言

我始终在观望

道德底线上

潮涌般挣扎而来的是什么

夏天的背面是秋天

万恶的冬天也要提前来吗

路边排队上车的人很多

我跳下座位准备步行

朝你藏满心机的目光深处走去

轮回里的慌张

等待

音乐在脑子里转悠
平静，原来是泉涌的低吟
划伤耳边的空气
树叶发呆
天空开始灰暗

虫鸣蓄意撒欢
你可以把心晒成草料
岁月，是河边的那条船
已经搁浅

一个孩童跑过廊桥
笑声掉进水里
无数条鱼游动
新鲜的生命在岸边开了花

看得见的光阴

清晨，建业的电影小镇

中山门，就是一面旗帜

吹响天空的集结号

于是，亿万人群奔涌而来

于是，年轻人开始血脉偾张

于是，我们踏步迈向狂欢的场景

——建业的电影小镇

在金丝绒般的早晨出生

于风霜雨雪利刃中打磨的情节

藏着建业人心中的万万个朝阳

麦田的荒原刚好与小镇的歌声相遇

繁星，从不辜负夜行者

温柔的光芒为我们照亮远方

九月的沉默啊

被建业的深情唤醒

——蓬勃转身的你

在中原广袤的风景里

生长得如此壮阔

一支朝气蓬勃的队伍

一个生生不息的图腾

一路浴火重生的欢歌

只为你四季的枝叶绿了又红——

我们对土地赤诚的热爱

深藏在千年飞鸟的黄昏中

剪影映照着无数个黎明

等待与你相见的柔情

——建业电影小镇的夜晚啊

在古老历史沉淀的黄河岸上

土地奔腾，天空云涌

我看见一跃灵尘的你们

衣裙飘飘，步履婀娜

目光如炬，面带从容

偶像

LAOTA
2023.3.12

轮回里的慌张

你们无怨无悔的青春啊
让时间长满坚韧的牙齿
咀嚼着小镇书写的百年风情
以及中原的潮流和时尚……
时光又躲进秋天的叶片上
我们，就这样款款为你而来
在看得见的光阴里
给欢乐一个不负年华的舞台

洗澡

她是广东人
在广场跑道上说
一定不能嫁给北方佬
他们一生只洗两次澡
出生一次，结婚一次。
三年后，她嫁给北方人
小伙子是运动员
爱干净，一天得洗两次澡
这是她逐日般追来的新郎
——她一天洗三次澡
在不深不浅的水盆里
用水，点亮身体里的光
我睡过她湿淋淋的下铺

2023.4.27

钝感力

一粒尘埃睡了很久
我防止它进入我的眼睛
我看见树枝上的鸟屎
层层叠叠浸染了树干
我的车窗中弹
一朵梨花压碎视线
深秋的鸟叫声一片
飞翔天边　乱象很远

你······

你长成树上的一颗果实

然后，落进泥土

土壤里有一颗种子是你

你还会发芽，在另一个春天里

你在这个世界睡了

又在另一个世界醒着

你的文字结成蓝色的水滴

轻轻地滴落在我的心上

一滴两滴三滴······

留给我一世的美好

一个生命和一个果实一样深沉

那些年我的梦里飘香着你的文章

你讲故事的声音

穿透我，温暖我，激励我

我像你的样子生长，生长……

你让万众垂涎的美丽啊
始终在我心灵的橱窗里展览
——岁月毫不犹豫
你笑着走过万物只是一瞬间
我深深的想念藏进了你的深渊

2023.3.12

十六点十六
—— 给胡姗儿

你从一个童话里出生

人们龇着牙齿围观你

你是宇宙的一滴水

轻轻落在树叶的尖尖上

晶莹剔透洁白无瑕

你是一束光影照进来

让时间在十六点十六接住你

恬淡弥漫的房间

装满你不顾周遭的哭声

你睡进悄无声息的脚步里

天很黑，月亮很累

光秃秃的树枝爬向夜空

末日的冬天翘着粉红的尾巴

渲染了属于你的大美之时

十六点十六啊

七小时四十四分后

你和我们进入新年

世界将要为你盛开

而且不只是开出绚丽的春天

……

人间现象

你演妖的时候很美

幻境中招揽了很多魂魄

你鬼吹灯也很精彩

空心的头发爬到树梢上做窝

——你筹划的夜色

乌黑乌黑

妖和鬼孕育的胚胎

生出一个灾孽的蛋

我担心你的皮囊被阳光照射

镜子里的恐怖

吓坏了自己

记住，演好你自己

即使成灰也不能穿帮

温暖的人间一定能藏着你

妖

你心里画个逗号
句号会套住别人的尾巴
你带毒液的眼泪
混浊了是非
小舞步的反面和正面
藏着很多花招儿
蛊惑的把戏泛滥成灾
淹没了地主的庄稼

小聪明是生化武器
毒瘤开始生长
留下寸草不生的后院
供你满嘴狂语地独唱
白日的猖狂
会让你夜晚恐惧吗？
你残害的红尘

结成秘密的誓言

紧紧地缠住你

你不高不矮

你不胖不瘦

你不生不死

上翻的眼神儿

放射兽性的光芒

刺杀良知——

践踏人心——

泯灭人性——

黑色的间隙

你嘴角流着吞噬的鲜血

吃了人的你

还在蒙蔽世界

天法呀，藏在金色的镜子里

午夜照见你
一颗恶之花的种子
顷刻干瘪——

你残酷地在水井里下了毒
却忘记了放过你自己……

这个城市与你

我可以面对你了

就像一扇关闭千年的老木门

望着河边土坡上的草梗

然后，不声不响地伫立在黄土上

一辆装满人话的巴士

笑声从窗口飞向路边

让我的行李慌张地翻倒

你假意远望　窥视我疲惫的面容

历史的车轮一路缓缓

向南向南向南

你是未干油漆的路标

在我前面掌握了指引的动力

一个枯萎的季节

情欲诱惑了土壤

于是，发芽的冻层里

你的敦厚深不可测

藏着你忧伤的阴谋

你的桃花梦情节跌宕

我被你的梦惊醒

温情是长效的毒药

让我深度困顿在这座城市

黑白被你默默地颠倒

日出　日落

在一片混沌的岁月里

你戏弄了一个古老的月亮

叹息，给你一炷香火的救赎

她

她的眼里有一团火，
是爱还是恨？
思虑的睫毛被太阳烧焦
她的手一直在云边翻卷
性感的头发上
长满了昨夜的泪珠

2023.3.31

轮回里的慌张

我能为你做些什么

——关于一场蝶变的感想

细雨濛濛的天空变了

我的眼睛是两个洞穴

惊恐地告诉你

水面上依稀幻化的倒影

危机潜藏

此刻绵绵的繁荣景象

正在被嘈杂践踏

挣扎，被薄雾盖住

生出绿色的浮萍

他用笑声魇住恶之花——

在假意笼罩的背景下

我大声呐喊

这飞驰而来的微弱警告

在心机到来之时

我丧失力量

不，我必须把一切美好给你
遇到这样的天气
我还能为你做些什么？
比如，献上一个不老的图形
也许，就是一个纸上的太阳
让我在你的眼中温暖发光
我绝不能像黑夜那样继续沉默……

蜀葵的意境

你从大地的深处拔节
带着彩虹的独白
一直向上　一直向上
含苞的娇羞思念轮回的季节
于是，少女的衣裙片片开裂
泄露着潜藏的曼妙春光
然后　然后　然后
生长　生长　生长
一曲红尘弦乐在泥土上奏响
笔直的群像如蓝湖边的芭蕾
柔媚的舞姿群起群落
时刻旋转着爱的冥想
有一种勇敢的力量直奔天边
拨开云雾去迎接太阳
你，以女子的柔情
一层层发光，一层层耀眼

一层层灿烂，一层层畅想

大地在母性的热量中燃烧

照亮你千万朵千万次的舞蹈

之后，飘零的足尖血染日月

之后，你落幕进浅浅的清秋……

2023.5.2

记忆的拐点

我脑海中的弧线
穿过鼻腔和眼部的毛细血管
落在我怦怦跳动的心房
——正午的阳光里
死亡的万花筒狡猾地旋转
十二点三十分后
我用一只眼睛关闭了世界
这时，走廊上的窗户失去了光芒
我在黑暗中移动
金属的碰撞刺痛了墙壁

悔过的爱

你心甘情愿地丢失后

我痛不欲生地批判那条死路

撕裂的脚步

留下无法弥合的伤口

坚强的眼泪用来做刀

杀死空气，复仇！

你的孩子在唱歌

收割着你血淋淋的意外

2023.4.5

轮回里的慌张

你究竟遇上了怎样的下午

你的目光不敢落在我的眼睛上

逃避隐藏着脚步

疲惫的衣衫诬告了太阳

我蒙上一层浅浅的秋风

心在路边的草地上晾晒

青丝把一缕光阴吹成暮色

你究竟遇上了怎样的下午?

食指叩响黑暗的窗棂

城中的木板抬着你发紫的灵魂

影子摔倒在虚构的事件里

我温暖的光辉就立在你的对面

握住你冰凉的梦境

那一刻，你没醒

复杂和简单

乌云滚滚
目光被压成纸片
彩虹灿灿
躲过一场污浊的雨

2023·4.10

心情是个东西

黑暗　缠在鸟粪里
乌云　强迫天色落幕
太阳　在海边中毒
风声成群
碎片一样跑来
撞到脸上　落在地下
彼此挤对
不依不饶

谎言在树叶的背面藏匿
等待飞鸟去采集
历史让时间背上书包
真实，落进十八层地狱
树皮丑陋的昭示
只为遮掩痕迹
年轮，把自己圈圈锁死

风中的光芒

2022.4.10

你姗姗来迟

我知道你飘了很久

冒着剧烈的雷声穿越而来

于是，我心上蒙蒙的冰雪

在你的血管里迅速翻腾融化

我想说——

你姗姗来迟

高跟鞋的雨点敲打缓慢的心跳

然后，柔软的情绪

在生动的墙面爬满谣言

遍布整个镇子

单调纯洁的语言

打动迷失的季节

我沉浸在传说的街市上

——那是一场雨

带着清凉的温度

淋湿了挣扎的疲惫

情欲纷扰的夜色
让我三生三世的枕上泪水
变成一块远行的点心
没有偶然　没有偶然
结果就是再一次相遇
你已融入麦田的历史

无言的结局

一个名字
在他颤抖的手里徘徊
鲜血点落在洁白的纸上
冒着梅花的硝烟
——去陪葬

颤抖的荆棘

2023.4.5

先驱之烈

在秋天的入口
一切夏天的预告陆续壮烈地死去
凉风凄婉习习
漫天开始播放飘落的声音
葬歌一般弥漫
鸟儿忙着为餐食飞翔
昏暗的空气飘浮着
得意忘形的笑语
大事小事流淌出各自的欲望

杀气无形的寒冷默默堆积
我看到了你的脚步
穿越城市的人流
避开言不由衷的问候
向寂静无声的树林走去
背影还带着聚众的烟火

干燥的衰草轻舞飞天
没有可以逃脱的迹象

呛人的情节笼罩着林子
提醒过往云烟的你
千万别让犹豫的星星感染病毒
死亡自然而然
一切都将为历史殉情

阳朔

镜子里的巨幕
——鬼影里的水墨

2023.4.5

变化

她的气是天上的云生出来的

却带着股地层的锈气

六月的脸长了虱子

语言躲在阴阳里

她在眼睛后面笑

一行人看她的表情

脸上隐藏着悲喜

夜晚，她在黑暗中醒着

头发在她手里

那是一绺开锁的钥匙

有人提着牛奶面包赶着晨风

脚步飘过一片麦田

门已经开了

一半人梦醒

一半人深睡

天边慢慢划出一抹冰凉

哭墙

路过耶路撒冷

风被烧热

姑娘们仿佛很冷

额头的围巾像黑夜一样长

她们眼神射向一面墙

石缝里长满历史和忧伤

细碎的纸片化成无数的声响

祈祷的圣歌笼罩一个世界

耶路撒冷的灵魂上空

一条欲望的绳索

爬满墙头

不顾安危地歌唱

迷离的声音长出翅膀

落在朝圣者颤抖的心房

残垣的石头伤痕累累

绕过几个世纪阴霾的路口

一个民族的泪水

让悲伤逆流成河

不离不弃的脚步越来越近

他们一直走在拯救自己的路上

眼泪，冒着生命的硝烟

烧烤着杀戮的战场

见钟的泪

2023.4.3

大弟弟
——致一个洁白年代

他从北方来

带着大地一般的底色

传递着浓浓的乡音

清澈的目光藏不下一粒尘埃

平静的声音如河水缓缓流淌——

长满疤痕的日子趴在他脚下

春夏秋冬陪伴他的地平线

他坚定地相信未来

——石头一定不会老去

——风起往往没有理由

聪明绝顶的人都在花开花落

只有他还执着守候

地层深处那些还在发酵的美好

……

他一辈子奔波着三件事儿

尽妈妈的孝

给老婆的爱

遵领导的令

以及对世间万物的慈悲

……

他脸上明明白白书写着

一股永不消逝的清风正气

是父亲留给他的专属的宠爱

2023.4.10

轮回里的慌张

一声叹息

天边的鬼影狠狠地抽了我一鞭子
在一个野外求生的山坡上
我看到一群在大雪中寻死的老人
在残酷的声音里我也死了
因为一条毛毛虫
钻进了我的耳朵
嗡嗡作响地演绎地下三尺白绫
清冷的光影是招魂的幌子
呼喊，遥望着十座大山
声音的利器生长在脚下的麦田
我看到荒唐的历史
在愚昧中觉醒
然后用伤疤演奏贫困的凯歌
眼泪终如一颗饭粒留在我的唇边
一个辩解的高手
就这样复制了灾荒

人间隧道里挤满污浊的雨水

之后，生长无数个悲伤

之后，残害万万个生灵

你还记得你是谁吗？

一句人话可以抵上三世的因果

告诉我。告诉我。告诉我。

你为何要让细碎的时光生锈

只剩下饥荒和苦难给我们充饥？

你为何要让猥琐的面容集体哭泣

回望的酸味儿翻越十里暖阳？

你为何不肯铸一柄上好的宝剑

让你的良知在时间上发光？

你为何囤积丑陋又生出荒诞

让从前的屋顶擦伤健康的原野？

你为何？你为何？你为何？

让我红色的心渐渐变成灰色

让我灰色的心渐渐变成黑色
让我黑色的心一步一步毁灭
我看见一线白光在眼前晃动
幻想的鸡毛正一片一片地飘落……

不确定的前行

尽管一堆尸骨冒着硝烟

路上的鬼影飘飘不散

我还是必须带着你们

穿越这道隔离的火线

脚底是冰冷的节奏

眼前仍开着两条死鱼的花朵

你茂密的衣裙呼扇呼扇地旋转

曲调生出忧伤一遍又一遍

呼啸的月亮留给历史一道烫伤

如血的教训屹立在门前

三十年的车轮赶上一个热点

推动我们后退或者向前

攻击的距离只剩人海的底线

民众的潮水呼啸而来

我相信一切被假象遮蔽的历史

我们不会被春天的美好遗弃
你还能拿什么偿还真实的今天
空气绕过面部坚定的柔软
穿透俗世的肉体向瘟疫扩散
我们必须逃离这场迷局的陷阱
竖起风中的衣领听从身后的评判

车轮滚滚
不断前行

2023.4.3.

轮回里的慌张

你的一场雪

——给妹妹

这场雪是带着你的眼泪来的

我听到你嘤嘤的哭声

河水害怕你飘落的身影

悄悄躲闪着向北前行

——这是回家的路吗？

楼下的喊声震碎了玻璃

瘫痪的空气让人窒息

黄色的马甲写满血泪的字句

纷纷诉说着年底的悲情

泪水淋湿了所有人的情绪

嘈杂在无数的房顶盘旋

此刻，脱落的广告抽离了神经

一种衰亡的味道在重复

这一次团圆饭将没有你

也没有了你忧郁而苦笑的面容

你在一针麻醉的世界里熟睡

不顾无数人的呼唤

变成雪花抽打着一众灵魂

天色已晚

又是一块多云的画布

黄昏蒙上你的眼睛

你下垂的睫毛伸向泥土

街头巷尾开始冒着青烟

算命先生制造着宿命的传说

让我和粪土在春风里相逢

臭味，使人们开始疑虑

——此刻，路灯亮了

我看见了光影中的你

笑里藏着红色的药丸

我的脚步被你成片成片地毒死

2023.3.3 LAOTA

轮回里的慌张

一镜场景

夕阳洒下一路星星

光线昏暗地沉向广场的椅子

虚幻的光阴打开引擎

照映着无数条形码变幻的脸

月色，半遮半掩

城门等待着无数个观看的时刻

音乐原地打转儿

你该上场了

预告庄稼时代的终结

历史又一次重演

握手言和吧

下去的都是一杯酒的温度

心思的谜团飘向街市

眼泪告诉我们

真相不必揭露

那些逆转的场景是过往的策动
留下苦难供我们回望
灰暗，只是一朵带雨的云彩

心如明镜

你带着迷迭香走近我
假意的温柔藏匿阴谋
招展的亲昵释放迷药
我昨晚的月亮掉进你的湖水

2023.4.9.

轮回里的慌张

致你们——

一条绳索

生出四朵莲花——

风声，系了五个金扣扣

——锁住

一件造梦者的霓裳

——掩藏

发情一年之久的身体

于是，你们流了血

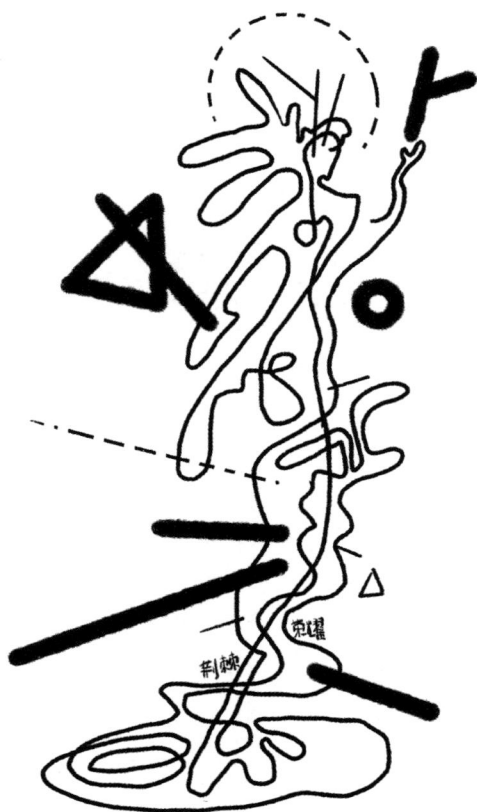

荆棘　　冤耀

2023.3.27

轮回里的慌张

梦里梦外

你坐在那儿

开着白色的花

语言沿着桌面滑动

像二月缓缓的雪水

笑脸挂满下午的疲倦

甜蜜的瞎话清洗着耳朵

但我始终相信

你真实的声音不是来自肉体

一杯一杯温烫的茶水

里面装满了妄想的篇章

一颗生病的心

扭曲了无言的终点

2023.3.27

轮回里的慌张

眼前

雾霾改变了季节

冰河模糊成影子

万物病了　锈迹斑斑

空间安静，停止了呼吸

我的双眼在半梦半醒中垂帘

心灵疼痛后迷失

此刻，我在哪里?

雪，突然而至

我毫无防备

眼睛闪过梦境

没有声音的世界顷刻覆灭

是睫毛挡住了望远的视线

泪，结成白色

纷纷扬扬

被上帝剪成时间的碎片

昨天，窗外是流动的尘埃

今天，室内是言语的浴场

男男女女　赤赤裸裸

发臭的是垃圾

香甜的是糖果

在弥漫的流汁里折损

然后，难分你我

天法

猛兽般的洪水碾压你的袖口之后
你平静的面容开始无限度地分裂
堆积已久的灾难漫过陌生的河岸
甚至穿越我浑然不知的十三岁
暴雨　狂风　冰雹　昏暗的下午
我在黑板上书写每个同学的名字
听见众人的脚步声
踏过雨水的珠帘噼啪作响
一切非人的现状滚滚而来
藏匿着越货的雷声
黑暗截住黑色的三点半
轰然之间夺走了父亲的生命
少年的我牢牢地攥着灰暗的日期
上面潦草的署名
与我今天看到的一模一样……
我喉咙上缠绕着经年的骗局

像一块三分熟的牛肉

血水在我温吞的食道里逆转

我看见很多人趴在饥饿的床头

等待大水退潮后的解说

据说狼狈不堪的真相死得很惨

我与一个隆重的日子深情道别

眼泪走到你不安的心脏边缘

很近　很远　很近　很远

我用流逝的奋斗踩住岁月的良知

还是看不清你诡计多端的笑脸

2023.6,10

三更遐想

我剥开月亮轻巧的壳

痛苦地醒来——

沉睡的魔咒念了一万遍

夜晚烦躁的头发里

我养一只腐朽的虫子

它在黑暗中隐藏了很多年

白昼，万缕阳光刺向它

它潜伏在我头顶茂密的丛林里

在我慷慨的头皮缝中寄生

我充满活力　蓬勃向上

驮着这个阴险的家伙

——与万物平静相处

我的血液一直在奔流中瘙痒

它开始糜烂了

还阴阳怪气地生下后代

然后在我的生命里渐渐逝去

黄昏，我怀疑它聪明的足迹

那种歪歪斜斜的味道还时隐时现

2023.4.11

轮回里的慌张

叹息

此刻，三点十分

暮色堆积成片成片的灾难

一朵一朵向头顶压来

黑色的隔离带

捆绑住出入的大门

脚步像山体一样沉重

一切灰色的景象从地狱升起

岁月演变三十年

来惩罚日积月累的错误

年轻的生命矗立在路旁

迷茫的眼睛向东向西张望

流金岁月漫过车流

似乎忘记了我曾经来过这里

过往的美好长成一棵茂密的树

在路边向行人开放

为你们遮风挡雨

痛苦，变成了泥土

在后来者的脚下摩擦

离开你的靴子

脚，在回看着一个梦中的自己

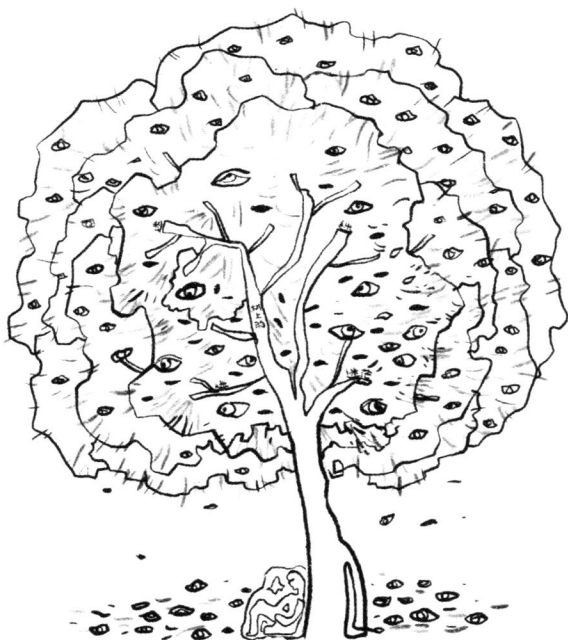

2023. 4. 12

今夜无眠

结冰的河
是水的保护伞
遏制了一切流动的响声
让世界之眼在深处平静

藏锋的树
是土壤的绳索
捆住十八层的历史和裸露的生机
在岁月的颗粒里忍受膨胀

飘浮的云
是天空的脸
掌握着高高在上的痛苦与欢愉
在一次又一次缥缈相聚里遗失

醒了

一条受难的鱼

在沙滩上裸睡

油画一样地死去

无视千变万化的波涛

成了一道海浪的风景

2023.4.12

轮回里的慌张

瞬间移动

愚蠢是午后的一摊血

挂在树上扮演火烧云

虚假的灵魂在空中飘着

摇曳尾巴上的风铃

玩偶在昨夜的梦里破碎

被邪恶画过的路面

幻化成万人践踏的草地

音乐渐渐响起

于是，你死在一首悲伤的歌里

2023.4.12.

轮回里的慌张

那一刻

船在台风里疯狂地摇摆
黑暗失去了深度
船舱装满沉重的吼声
夜晚，妖后在我的鼻息下睡了
你讲着蓄谋已久的心事
眼睛忽闪忽闪
与海浪的节拍合奏
我又一次迷惑了——
在地中海巨浪深处
我对你抱有美好的幻想

2023.4.12

轮回里的慌张

无题

当尊严的窗户被无情地关上
我心里的阳光燃烧成浓烈的火焰

当自由的目光被铁门剪断
我生命的鲜活要变成尖利的刀戟

当谎言如枯叶纷纷飘落
我身体的飓风要把树根无情地折断

当静默的恐惧像一幕黑影
我的鲜血要染红冲锋的谜团

当希望遇上无情的风暴
上岸就是我一切的本能

错觉的代价

事物开花之后

出生了伪证

早晨

你被子里残留下痕迹

一根细长的发丝

缠绕昨夜

你让所有的事实

在云雾中死掉

只剩一串假象的谣言

流毒一样开放

血水，污染了我们的土地

2023.4.12

午后断章

文字山高水长
我用这雕花的句子防潮
抵挡着衣衫褴褛
我用这发光的情绪取暖
支撑起晴空无垠

我们以生死对话
然后，沿着地球的直径发慌
还有比这更好的力量吗？
我懂，你也懂——

句子的翅膀突然折断
我看着初春的嫩芽
目送鲐背之年很远
余晖洒满湖面
温情脉脉之后

通透明亮的我突然沦陷

……

迷乱的前提是鱼尾摆动

糖果的诱惑挂满枝头

在时间错乱的周期里

你反复吟诵

平平仄仄

忧伤控制着视线

生命的童话蒙蔽了双眼

你看，我也看……

此刻

忽然与穿越的绳索缠绕
一道血痕就是一个冬季
满眼挥不去的，是岁月无情的外伤
犹如琴弦在流歌中寸断

时间的碎石
粒粒打在脸上
没有疼痛
却平静地讲着一个女子的寓言
红色，是出嫁的盖头
遮住青春哭泣的角落

其实，没有你
我可以伫立在雾里
等迷雾笼罩的太阳
从云缝里挤出来

是什么散发着诱人的香气?
春天也会飘零残秋的叶子?
深深的泥土盛开着花草
而我的心早已装满风声
绵绵的　总是我的忧伤
冷冷的　是你转身而去

2023.3.30

轮回里的慌张

路上

当晚霞落进心扉

余晖迂回在不归的途中

遇刺的人洒水车一样滴血

命运摔倒在干燥的梦里

我无力抗拒繁杂的噪声

我担心你斜长的影子

在明日清晨徘徊

迎战我坦荡的纯洁

探底回升的迹象渐渐消失

转身吧，离开那片废墟！

没落的挽歌盘旋在上空

我不必缠绵眼前的温情

秋天之前，她深深浅浅的足迹

都在垂落

气息奄奄地发黄腐烂

片片残存　吃语蓬勃

不必惋惜别离

春天依然谜一样地摇摆……

废井废塘

2023.4.13

坚硬

我的肉体沿着地平线爬行
思想在灰暗的体外受精
在无奈的躯壳内
生命开始腐烂

我不确定自己是否还活着
那十分雀跃的歌声丈量着阳光
翅膀在欲望中遐想
带污垢的伤口开始化脓
我在两界之间
以坚硬的形式存在

谁都无法逃脱裹藏的身躯
像诉说慵懒的午后
真实无法再现
活着供验证者来回思考……

坚硬的思恋

2023.4.13.

看见

谁灼伤了你的眼睛
一张嘴被糖蜜腌过一个夏天
谁毒害你的心尖
把血淋淋的脚印留在路边
温热含笑的手冰冷了
你花园的中央开始衰老
蓬勃的大树下
长满了坚硬的石头

过往

一辆中巴载我误入了陌生的风景

里面写满泥土、石头、钢筋

还有与蚂蚁搬家一样的奔跑

万物麻木地生长

我在自己垒砌的壳子里

吃着桑叶，并开始吐丝

我是蛹，始终保持与蝶的距离

一直没忘记你带我进了古老的大门

深夜斑驳的玻璃映照着平静

我起来看星星

你扮演着英雄站在夜的墙边

我在半山上成为月色的俘虏

等待一场痛彻心扉的爱情

谁知一群洗劫者来到窗前

我们开始在爱与被爱中受伤

由此，疲惫不堪……

你丢了游丝般的魂魄

山风横扫而过

你破门而出

锁，在神灵之上

你没有给我留下天使的钥匙

不，你没有走远

我内心深处有一粒种子

会在春天发芽，秋天结果

然后，在冬天风雪无度中温暖我

远方不远

只要你别让季风吹凉

你的心跳还在犹豫的侧面

闪闪发光，又念念流血

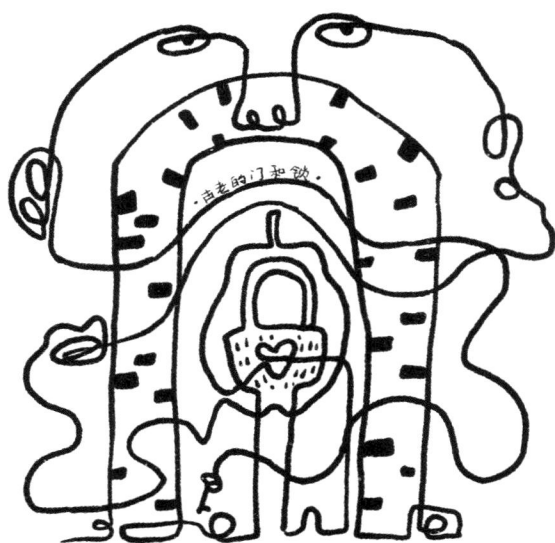

古老的门和锁

2025、4、13

想念

想你的夜晚
月亮泡在水中
波光点点

我的心被你装进了上锁的箱子
里面锁着你十万个名字
像十万发子弹射中我
一瞬间，我千疮百孔
血流成河

此刻我席卷着对你的全部幻影——
你的气息吞噬着我的伤口
我被你十万个名字拷打
痛不欲生
等待，成为黎明前的黑暗
……

轮回里的慌张

你和我

绳索羁绊了我的思绪
我无法来到你鸟鸣的树下
你发出云一样的密码
神秘的声音在草地生根
你蓬勃的枝叶
与我只有一丈的距离
无奈我悲伤的眼泪落进秋天

一汪清水照进我的心田
洗涤发黄的记忆
你锈迹斑斑地来过
如蜡像的面部
冰冷藏在欲望的背面

你一会儿口吐云天
一会儿脚踏方寸

即刻又手握利剑
你的树下注定片甲难生

一切乱象让我梦魇于白昼
于是，我必须调整与你的距离
不远不近
不疏不密
不上不下
黑夜没有睁开繁星闪烁的眼睛
其实，你不必惊讶网格面料里
装的究竟是肉体还是草料
精神的碎片早已散落天涯

在那个没有灯火的山野
我和你没能躲过一念之间

轮回里的慌张

2023.4.13

暮色降临

夜，忽冷忽热
星空下万事兴衰
在杂乱无章的内容里
包括了两情相悦的卷宗
皮肤的弹性来自画面的质感
你的形象立体环绕
声音不远不近，款款倾诉
目光炯炯，又瞬间静止

宽带奔驰把你我链接到云端
每一次相见都是现场直播
谁也篡改不了这下架的誓言
记录清晰可见
条条都是赤裸的真实
你不停地饮酒作乐
离线的模式让夜色惴惴不安

轮回里的慌张

我看着你无言的图像

捕捉像素里无端的掩藏

镜头持续扫描你的面容

在毛孔张开的过往里

一切都美好起来

比如你延时的笑容

比如你从天而降的水声

比如被单下生动的物件

我不相信三维空间可以构造深情

故事里的章节跌宕起伏

还没来得及彼此触摸

思念便渐渐长大

十八岁或者八十八岁

是过热的屏幕里剩余的电量

还是随时播出的魔鬼与天使？

如果我们选择在盛夏相见
你大战飞鱼三百回合网游归来
在此刻，我们绵绵无尽
你就是我脑洞里编织的理想
那就如此生成，然后存储备份
在虚拟与现实中我选择相信未来

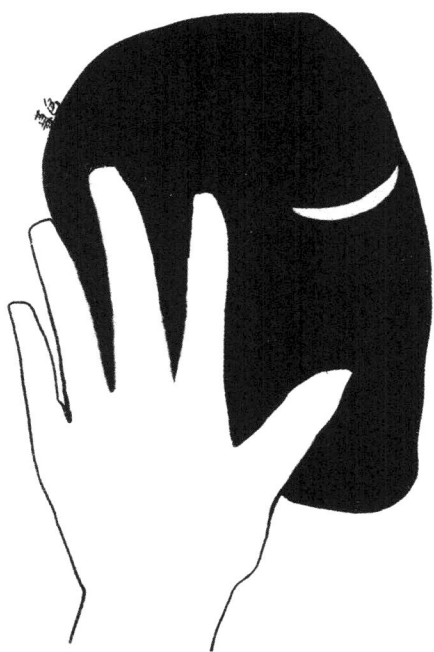

2023.4.7

寓言

心与体重沉进十里八荒
路在延伸的视野里拐弯
我隐瞒了自己的梦想
然后在你面前放了几支蜡烛
想念慢慢燃烧起来

你像风一样放浪自由
石板路上脚步敲打鼓面
塌陷的诱惑前你没有绕行……
远方默默地哭了
你细腻的心思变成泡沫

我准备乘一艘大船去旅行
与花草一同出发
在海面上神秘地出现
让渺小的力量存在风中

我们是两条路线

面见寓言者

他讲昨天和今天

我们没有和空气一道死亡

你在北京　我在郑州

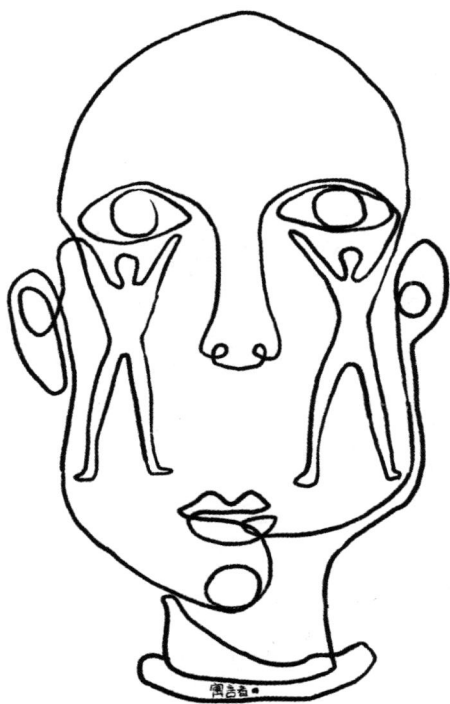

2023.4.14

轮回里的慌张

秋日独白

面见众生
你是残夏暖阳里的序幕
你远道为茶而来
几分道骨仙风
鬈曲的头发撩动寸尺的诗句

你的目光躲在墨镜的背面
表情穿透灵魂的皮层
不安的嘴角被洒脱掩藏
浓浓的乡愁洒满了离别的桌面

你说放松的呼吸才是柔软的开始
于是，在昨日茶坊放肆的午后
我在你细微的诱导里安然
放任你直击心灵的催眠

相触的火电会灼伤平静

初秋的水意外染红了一杯温情

让我慢慢饮尽一个下午的沉醉

我知道，面对你不能久留

我必须逃离你设计的现场……

你是谁？

你其实不必回答

声音漫过遥远的天际

此刻，我已心起微澜——

轮回里的慌张

独白

2023.4.13

选择

你迟迟不能作出决定
在火焰山燥热的阴影里
蠢蠢欲动的念想
一次又一次流产
年轻的子宫直到老化
让最后一颗卵子
风化在九泉的缝隙

你任由光阴掠过跑道
皇帝的新装在庙堂之上
掌声雷动敲打你的良知
无能的章节只好列表泪点
哭声被迫调整模式

小丑出场了
虚假继续上演

你开始在乎以前的你

会若无其事地坚持着

记载落叶的重量和风的尺度

2023.4.16

轮回里的慌张

撕裂于午后

在时光飞逝的背后

你试图照亮所有的黑暗

我需要一道闪电

传递光明的理由

好让笑声掩盖住真

我被迫思考

改变线路去踏勘历史

沿黄河看水中浸泡的情欲

感叹天空不能掌控的自己

云起云落　残阳似血

任何时候都不能委身于虚情假意

无用的言语成了街边的零食

消化在人体的隧道

情景再现　左右交融

夏日的地平线输掉了一切

包括我和你的深情
你凌乱无序的行为
擦伤了我行走的欢喜
然后留下一个散发着香味的时间
卖弄发黄才可以验证的真理

黄河元畫

2023.4.16

风景

我翠绿的叶子在风波中细碎
一地亮片装饰贫瘠的石头
没有谁愿意留在缝隙里疼痛
水流成热泪，一望无际

天——
还是蓝调，云却乱象如霓
丢失了秩序
你与酒敌对的情绪
像情人月牙般的咬痕
褪去了血色
在快意与思念中消失……

天空还不到夜的颜色
星星长满了心头
爱与恨

翻山越岭

可以冷却成背面

——从此，没有你我

2023.4.16

轮回里的慌张

无奈

故事开始堕落了
在失去粮食和蔬菜的时刻
流淌着阴谋的血水
——梦幻布道的天空
结出了真真假假的果子
肥皂剧让人中毒很深
沉浸其中难以分辨真伪
——万物生长
结果策动了高耸的城墙
轰然之间全面穿帮
——岁月的根部虫卵堆积
一切不可救药的事实
树木来不及躲藏——
满目绿毛的过去很潮湿
好比一顿烧煳的晚宴
在无奈中吞咽

无言的解码

你的乌云笼罩了我的地平线
我发出心灵深处的红色警报
寻找慰藉生命的保护区
我不习惯与稻草人相守
于是，衰草发霉
表象难辨真假　好像无是无非

此时，岁月扼杀了
你在我身边无情地错过
残酷地遗落给我十年的愤怒
我的行李装满离别的无奈
我一直在等待无情的惩罚
……
相册匆匆掠过异国的街景
歌声萧瑟　歌声萧瑟
演绎不属于我的情人节

城堡与城堡之间，老天突变
我看到田野的果实遭遇冷落
黄昏磅礴地迈进视觉的苦难
风，左左右右地默念
大雨来临　　大雨来临
我期盼内心彻底的解放——

看着你，与夜晚不屑的眼神
感受地球温度的突变
我必须逃离被动的现场
告诉自己
其实我早已厌倦了谎言
历史的背影永远藏在秋天的心底
我不会说出你那些凄惨的秘密

2023.4.16

轮回里的慌张

结局

无声是树上的枯枝
败叶在泥土里发酵
等春天来临
开花或成为花的养料

沉默是一种背叛
在阳光明媚的角落
黑暗正悄悄关注着四角虫爬行
心事在午后堆积成脑部的空虚
终于，见到你传说中的文字
悬空着某种程度的想念

你是飞鸟掠过的一刹那
火花也来不及在温度里形成
淡淡的花香在经阁里释放
一小段信念流转成私情

来去之间，眉目传递

不是所有真实的表达
都照进真实
落日的余晖留下万能的美好
在夜的后面
影子还不能躲藏
我早已看到了你……
躲闪，正在形成另一种阴谋

影子由身陪着走

2023.4.16

演变

噪声污染了我的生命
我突然转身看见了远处的自己
一袭黑衣黑裤的黑色生命体
在薄雾里向我走来
表情憔悴　面容清凉

我知道
在万千人之中
劳累的患者都在自己的梦里
忙着穿透叶子与叶子的距离
我始终在急匆匆的站牌下
等下一班和下下一班的车次
行人和我一样慌乱
我踩住流转的光阴
刚好是飞鸟掠过的风景
我疲惫的呼吸在空气中死亡

我祈求在无声的墙壁里

留下岁月的狡猾——

留下尘埃的绝密——

留下温暖的痛苦——

留下冲刺的欢愉——

然后，我轻轻转身

与你各自面朝半边

2023.4.16

轮回里的慌张

伤痛

我知道你心里住着我
即使你无影无踪
在空气的缝里
我也能找到你
相连的气息从未停止
你的眼睛告诉我
沉醉不归的阴谋
会在隐痛中流产

所有的对错只是一张门票
门与门是永恒不变的关系
每一张门票都能通过你的人生
崎岖的光影丈量未来
其实，你无论什么样子
黎明都会在破晓前等你
……

我已经遍体鳞伤

被失落的情绪控制

血，流进心里

一滴滴牵肠挂肚

岁月是一框无情的山水

会在年龄的壁画前揭开谜底

那时，我已经不在这里

2022.4.17

失去的感觉

孤独的夜晚

你对着墙面说话

我的情感结着冰碴

扎伤了你蓬乱的头发

我不想化成水

至少在你面前

我冻成了世纪冰川

血流穿透皮肤

流向白垩纪

那里有我们共同的毛孔

它张开时光的隧道

讲述源头的一道光

我无法回到你的怀里

在你丢失了一枚纽扣之后

我的春天闭幕了

幕后

厌倦了你每天遮挡发光的视线
默默地推我向前
我摸着夏天的墙角，告诉你
没有一个可以不落幕的季节
你的花瓣雨淋湿了秋天的指甲

心情很久才爬了万里
去看你湿透的衣裳如何晒干
排队的发丝
在强光下泛滥……
我不想再说什么，即便掌声疼痛
也要与你在两宽之间

据说，房前的那种草
在北方五月才发情
绿得让你无法拒绝它的触摸

它的遗言会一遍遍修改

只要有一线生机

春天也抵挡不住它的策反

习惯是一根瘦肉很多的香肠

你把它切成一段一段

用一壶浊酒送行

无论饥与饱

都如一场梦境漂流在胃的深处

2023.4.17

小女人

她手上托着扭捏的表情
慢速转动的眼睛忽闪着光亮
搜寻世界遗失的细节
耳朵贴向冰凉的墙面
撬动兰花偷听虫子的情话
午后，腰肢摆动起长腔短调
笑容蹿到脂粉缝里
去迎接门口的不速之客
你耐心地守候她的三分病态

时光不老

闵闵

人们常说，人生就是一场旅程，但十有八九的旅途中你看到的可能不是风景，而是崖底、沟壑，纵横交错的羁绊，惊恐和迷茫，当然也少不了秀美、磅礴的美好。

时光荏苒，一眨眼又是两年，我开始向人生的更深处走去，感受了人世间的酸甜苦辣咸，杂陈的五味，更加丰富了我的人生经历和体会。在路上，我始终向往美好，这是一种信念的坚守，是诗歌给了我这份畅想能力。都说苦难出诗人，于我而言，我的路上处处是磨难，因为有诗歌的陪伴反而收获了无限欢愉。我这本诗集里面写满坚硬、柔软、爱恋和悲伤，跌宕起伏的情绪落于笔端。我流放的这些文字，大部分是我近两年的记录。

我的诗，就是我的日记。

比如 2021 年 7 月 20 日，郑州遭遇罕见的大水，我和黄筱剑蹚着齐腰深的水在雨中步行一个多小时回家，这一切至今仍历历在目。在洪水猛兽面前，我刻骨铭心地体验到了人的渺小与无助。让我想起父亲在一场暴雨中离世的情景，于是，我写下了诗歌《天法》。2022 年的一天，我从工作了二十五年的公司大楼里走出来，里外三层的人群打着各类刺眼的标语，把出门的路口围得水泄不通，他们激动的情绪让我深深窒息，在回家的车上我写下了诗作《叹息》……

我如女诗人青青所说的那样，是个感性和理性交织的人。有人说，理性是人的下限，感性是人的上限。是的，在理性的时空里，我坚定地向这样一种力量致敬，向死而生、向上生长。在感性的时空里，我勇往直前，不惧风雨、不惧黑暗、不惧颠覆地去创造未来。我用诗歌吟唱生活的苦乐，找到了自我诉说的方式，欣慰地留给自己回看，也很欢喜与我的朋友、读者们分享。

诗歌是我的河流，在阳光下，在风雨中涓涓流淌，又缓缓向前。有诗歌真好，无论在书写中还是阅读时，我都会有不同的感慨和收获。在我最艰难的时刻，我曾含着泪水大声朗读那些伟大诗人的作品，也提笔疾书，写出忧戚伤怀与愤怒喷薄的诗句。由此，我得以释然、清醒、通透。我希望自己的这些诗能感染和激励同我一样热爱生活的人们。

整理这本诗集的过程，我开启了人生的一个新赛道，踏上了一段不能让人理解的征程。我自嘲地以为，能用利他之心去感受痛和快乐，又何尝不是另一场修行。路途中，我的场景会变得一会儿彩色，一会儿黑白，这些都是我诗句的源泉。我开始重新审视自己和周遭，并念诵诗人食指的诗句："相信不屈不挠的努力／相信战胜死亡的年轻／相信未来，热爱生命。"是的，我热爱生命的一切存在，热爱壮丽山河与人世间的所有美好。想起所历经的一幅幅画面，能久久存放心底的才是大浪淘沙留给我的生命底片。

在此，我特别感谢女诗人青青，为我这本诗集作序。感谢我八年的同事——八五后设计师、笔名老塔的杜宁先生为我的诗集作解析式插画。感谢我二十年的同事黄筱剑女士为我写下真诚的文字。感谢我九〇后的小伙伴张婉冰美女帮我反复整理作品……要感谢的人太多，在此合掌一一谢过。感谢给予我爱的人们，我深深地爱你们，用我不曾停止的诗句。

2023 年 8 月 29 日

图书在版编目（CIP）数据

轮回里的慌张 / 闵闵著 . -- 北京：作家出版社，
2024.8. -- ISBN 978-7-5212-2913-4

Ⅰ. I227

中国国家版本馆 CIP 数据核字第 2024UL0884 号

轮回里的慌张

作　　者：闵　闵
责任编辑：向　萍
装帧设计：杜　江　周　侠
插画绘者：老　塔
出版发行：作家出版社有限公司
社　　址：北京农展馆南里 10 号　　　邮　　编：100125
电话传真：86-10-65067186（发行中心）
　　　　　86-10-65004079（总编室）
E-mail:zuojia @ zuojia.net.cn
http://www.zuojiachubanshe.com
印　　刷：河北京平诚乾印刷有限公司
成品尺寸：138×225
字　　数：67 千
印　　张：8
版　　次：2024 年 8 月第 1 版
印　　次：2024 年 8 月第 1 次印刷
ISBN 978-7-5212-2913-4
定　　价：58.00 元